數字比一比

西內久典·文　　**安野光雅**·圖

唐亞明·譯

步步出版
Pace Books

無花果的葉子和人的手，
是不是很像？

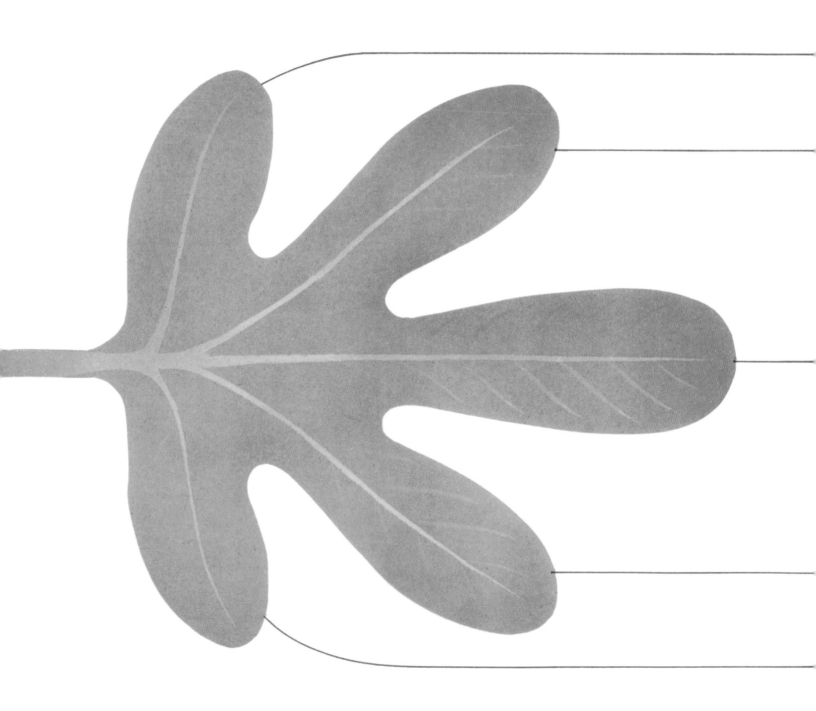

你看，葉子上的一隻隻小蝸牛，
正在往人的手指上爬。
無花果的葉子形狀和手指的數字相同——都是5。

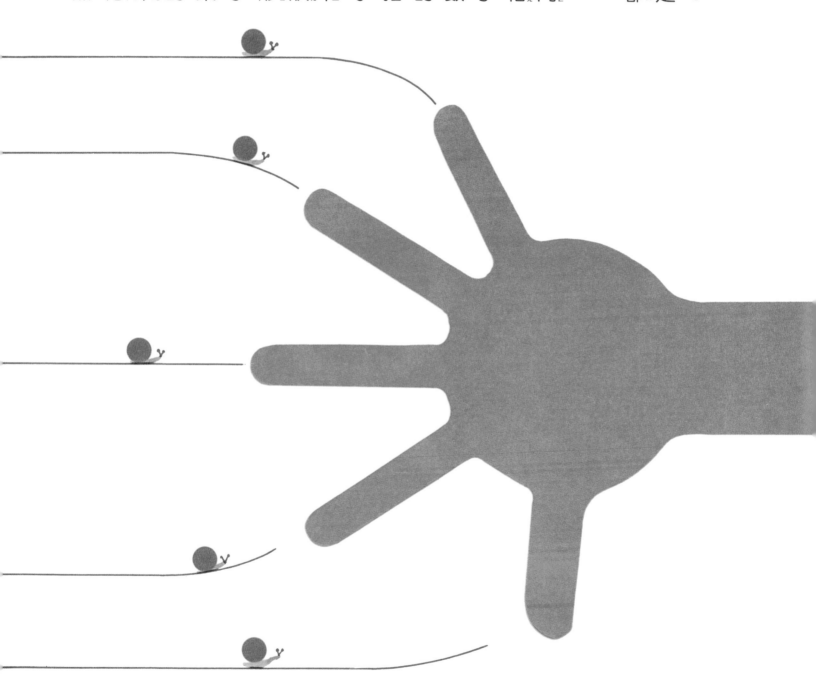

這ᨌ是ᝏ奧ᝏ林ᝏ匹ᝏ克ᝏ運ᝏ動ᝏ會ᝏ的ᝏ標ᝏ誌ᝏ。

小ᝏ蝸ᝏ牛ᝏ從ᝏ手ᝏ指ᝏ出ᝏ發ᝏ，向ᝏ圓ᝏ圈ᝏ爬ᝏ去ᝏ。

奧ᝏ運ᝏ會ᝏ的ᝏ標ᝏ誌ᝏ圓ᝏ圈ᝏ，也ᝏ和ᝏ手ᝏ指ᝏ的ᝏ數ᝏ字ᝏ相ᝏ同ᝏ——都ᝏ是ᝏ5。

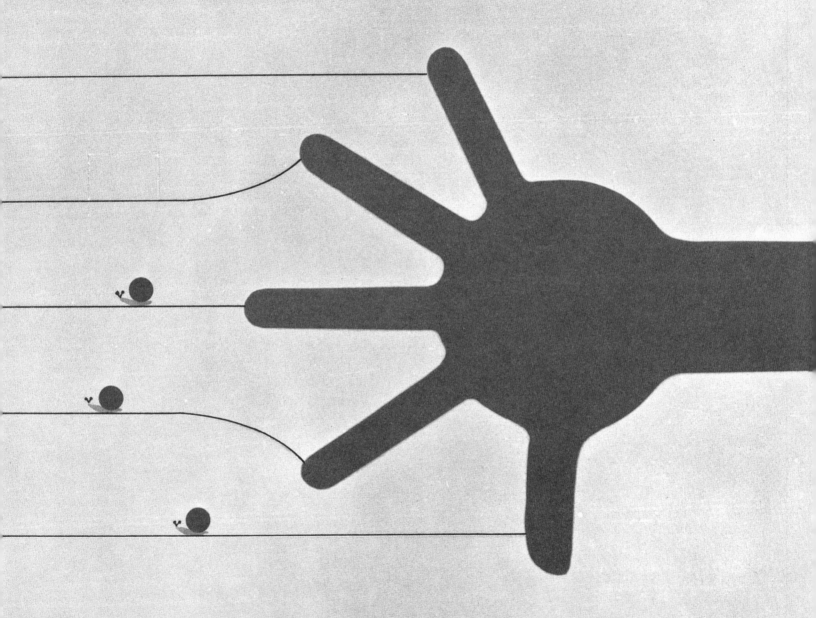

晚ㄨㄢˋ上ㄕㄤˋ，

小ㄒㄧㄠˇ蝸ㄍㄨㄚ牛ㄋㄧㄡˊ從ㄘㄨㄥˊ手ㄕㄡˇ指ㄓˇ出ㄔㄨ發ㄈㄚ，往ㄨㄤˇ天ㄊㄧㄢ上ㄕㄤˋ爬ㄆㄚˊ。

他ㄊㄚ們ㄇㄣ爬ㄆㄚˊ向ㄒㄧㄤˋ北ㄅㄟˇ方ㄈㄤ天ㄊㄧㄢ空ㄎㄨㄥ中ㄓㄨㄥ「仙ㄒㄧㄢ后ㄏㄡˋ座ㄗㄨㄛˋ」的ㄉㄜ一ㄧ顆ㄎㄜ一ㄧ顆ㄎㄜ星ㄒㄧㄥ星ㄒㄧㄥ……。

形ㄒㄧㄥˊ成ㄔㄥˊ W 型ㄒㄧㄥˊ的ㄉㄜ星ㄒㄧㄥ星ㄒㄧㄥ，也ㄧㄝˇ和ㄏㄜˊ手ㄕㄡˇ指ㄓˇ的ㄉㄜ數ㄕㄨˋ字ㄗˋ相ㄒㄧㄤ同ㄊㄨㄥˊ。

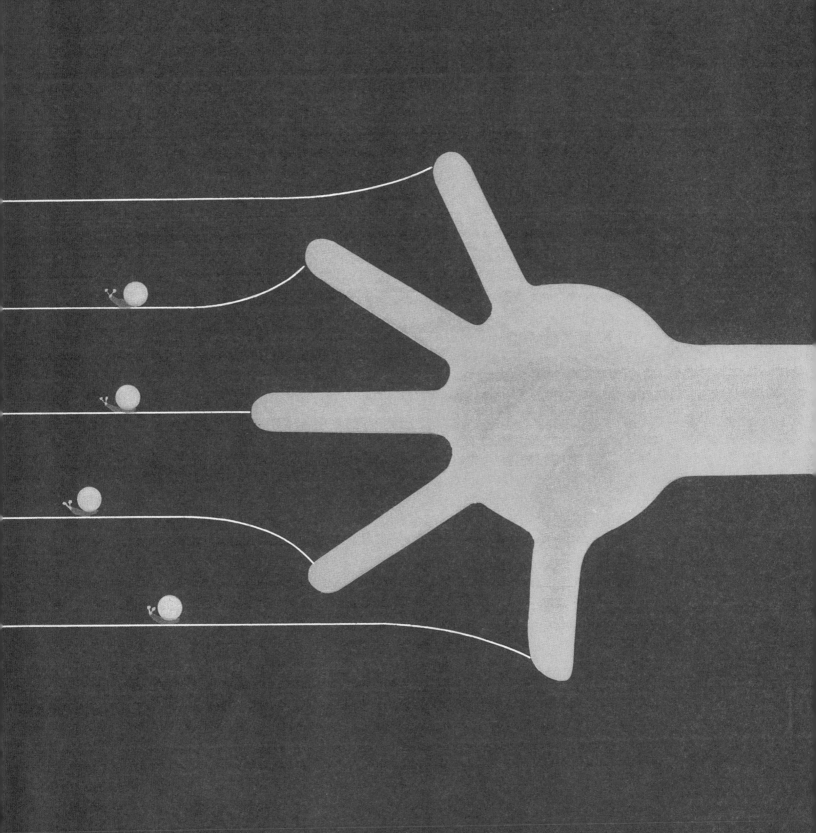

無×花ㄏㄨㄚ果ㄍㄨㄛ的ㄉㄜ葉ㄧㄝ子ㄗ， 奧ㄠ運ㄩㄣ會ㄏㄨㄟ的ㄉㄜ標ㄅㄧㄠ誌ㄓ，

仙后座的星星，它們的數字都相同。

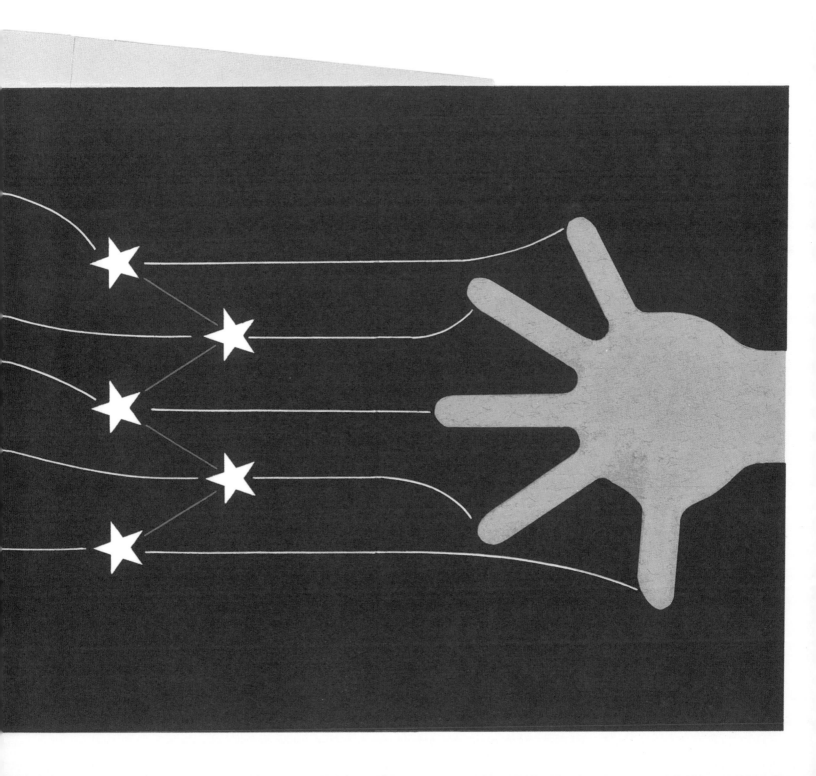

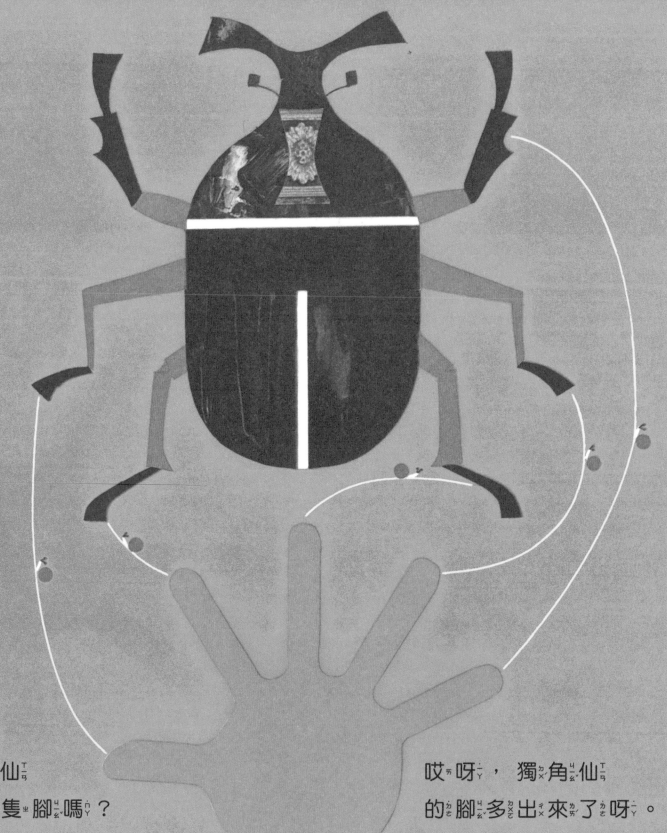

獨ㄉㄨˊ角ㄐㄧㄠˇ仙ㄒㄧㄢ
是ㄕˋ 5 隻ㄓ 腳ㄐㄧㄠˇ 嗎ㄇㄚˋ？
手ㄕㄡˇ指ㄓˇ上ㄕㄤˋ的ㄉㄜ 一ㄧˋ 隻ㄓ 隻ㄓ
10　小ㄒㄧㄠˇ蝸ㄍㄨㄚ牛ㄋㄧㄡˊ爬ㄆㄚˊ過ㄍㄨㄛˋ去ㄑㄩ……

哎ㄞ呀ㄧㄚ，獨ㄉㄨˊ角ㄐㄧㄠˇ仙ㄒㄧㄢ
的ㄉㄜ 腳ㄐㄧㄠˇ多ㄉㄨㄛ出ㄔㄨ來ㄌㄞˊ了ㄌㄜ呀ㄧㄚ。
獨ㄉㄨˊ角ㄐㄧㄠˇ仙ㄒㄧㄢ的ㄉㄜ腳ㄐㄧㄠˇ
比ㄅㄧˇ手ㄕㄡˇ指ㄓˇ多ㄉㄨㄛ。

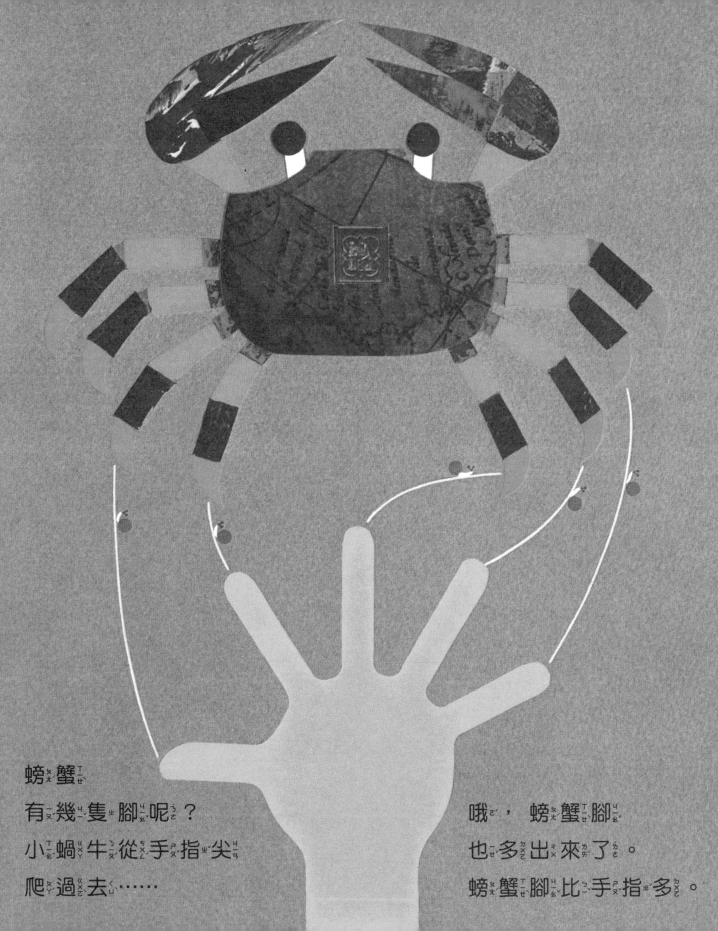

螃蟹

有幾隻腳呢？

小蝸牛從手指尖

爬過去……

哦，螃蟹腳

也多出來了。

螃蟹腳比手指多。

11

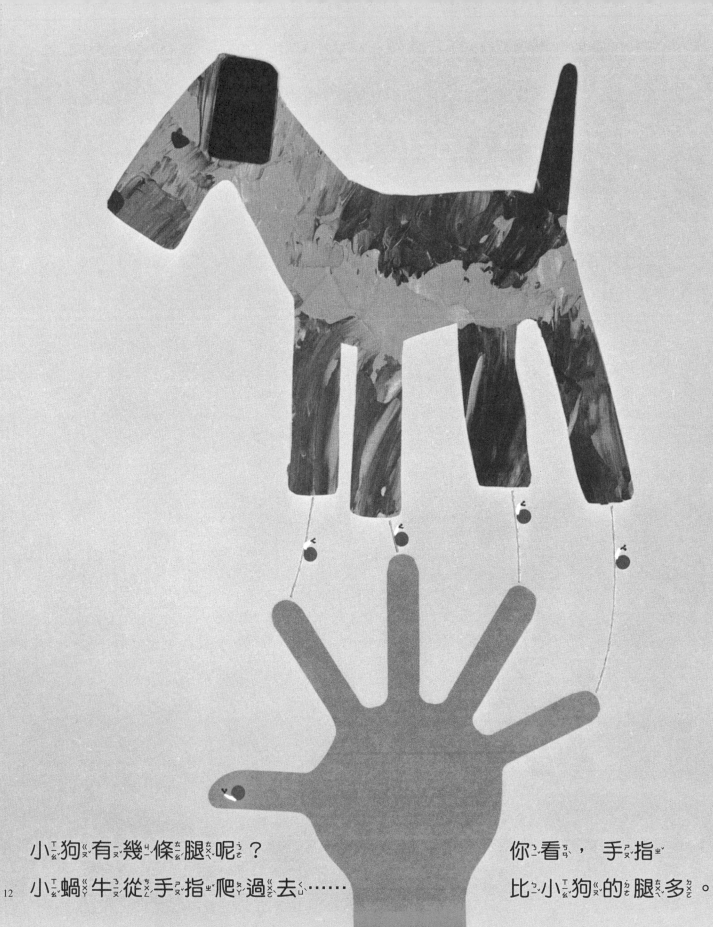

小ㄒㄧㄠˇ狗ㄍㄡˇ有ㄧㄡˇ幾ㄐㄧˇ條ㄊㄧㄠˊ腿ㄊㄨㄟˇ呢ㄋㄜ˙？

12　小ㄒㄧㄠˇ蝸ㄍㄨㄚ牛ㄋㄧㄡˊ從ㄘㄨㄥˊ手ㄕㄡˇ指ㄓˇ爬ㄆㄚˊ過ㄍㄨㄛˋ去ㄑㄩ……

你ㄋㄧˇ看ㄎㄢˋ，手ㄕㄡˇ指ㄓˇ

比ㄅㄧˇ小ㄒㄧㄠˇ狗ㄍㄡˇ的ㄉㄜ˙腿ㄊㄨㄟˇ多ㄉㄨㄛ。

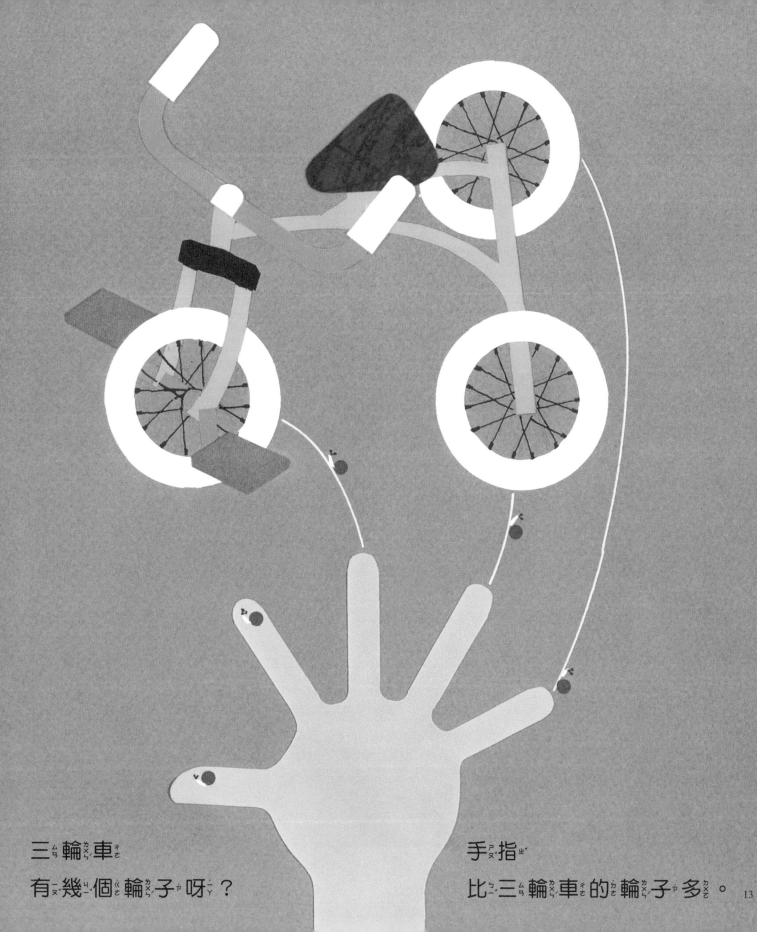

三ㄢ輪ㄌㄨㄣˊ車ㄔㄜ

有ㄧㄡˇ幾ㄐㄧˇ個ㄍㄜ˙輪ㄌㄨㄣˊ子ㄗˇ呀ㄧㄚ˙？

手ㄕㄡˇ指ㄓˇ

比ㄅㄧˇ三ㄢ輪ㄌㄨㄣˊ車ㄔㄜ的ㄉㄜ˙輪ㄌㄨㄣˊ子ㄗˇ多ㄉㄨㄛ。

13

所有的東西都能比一比。

螳螂的腳和獨角仙的腳，
木蘭花的花瓣和螃蟹腳，
還有雪花瓣和小狗的腿。

不論什麼時候，
只要小蝸牛一隻隻往前爬，
就能知道誰多誰少，
或是一樣多。

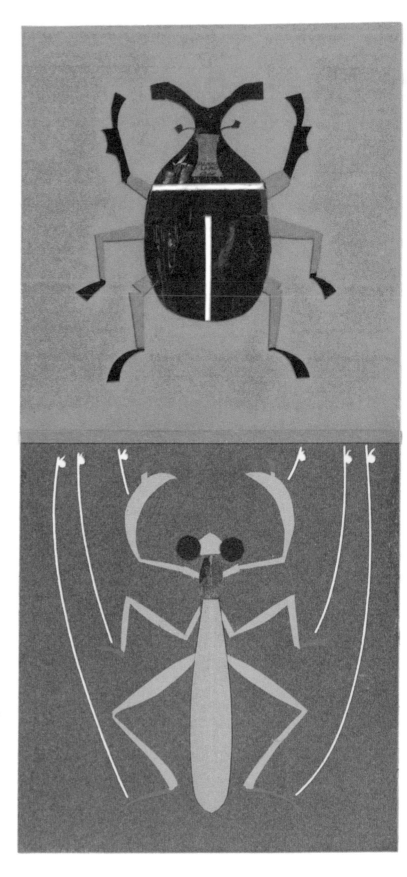

火車在地上跑，　燕子在天上飛。
比一比，　貨車車廂和燕子的數字。

小蝸牛只要從一節節車廂爬出去……。

印地安人在攻城，　警備隊在守衛。
他們哪邊人多呢？
警備隊集中在一起，　人比較多？
印地安人分散開來，　人比較少？
是這樣嗎？

圓積木和方積木，哪邊多呢？

用鉛筆畫出小蝸牛經過的路，比一比哪邊多吧。

圓積木和手指頭，哪個多呢？
方積木和手指頭，哪個多呢？

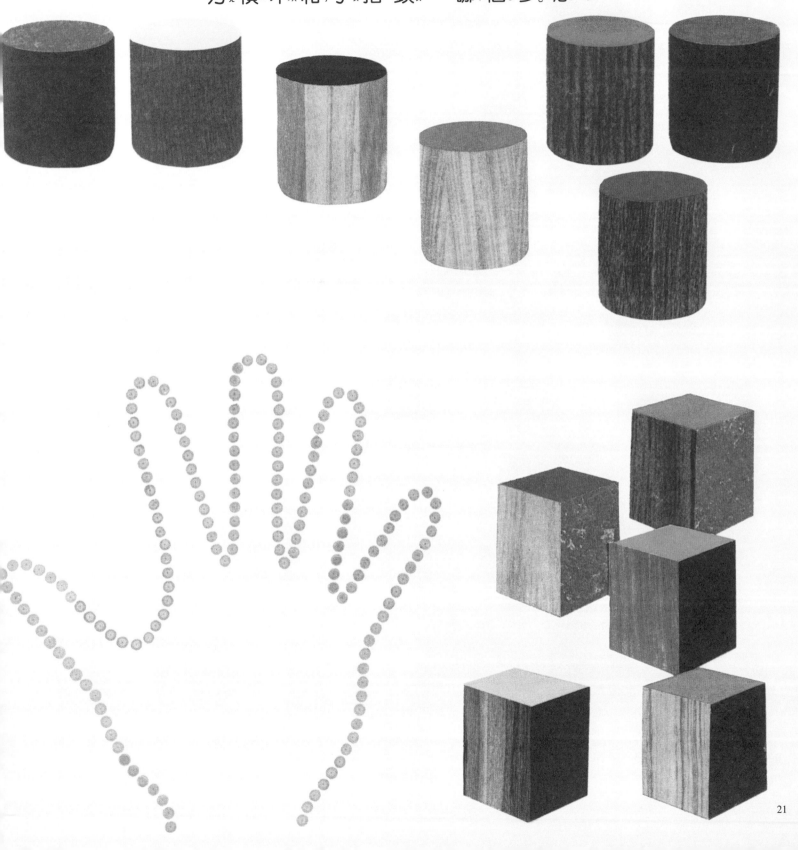

21

這裡有好多圓形、三角形和方形。

哪ㄋㄚˇ種ㄓㄨㄥˇ形ㄒㄧㄥˊ狀ㄓㄨㄤˋ最ㄗㄨㄟˋ多ㄉㄨㄛ呢ㄋㄜ？　哪ㄋㄚˇ種ㄓㄨㄥˇ形ㄒㄧㄥˊ狀ㄓㄨㄤˋ最ㄗㄨㄟˋ少ㄕㄠˇ呢ㄋㄜ？

你ㄋㄧˇ知ㄓ道ㄉㄠˋ應ㄧㄥ該ㄍㄞ怎ㄗㄣˇ麼ㄇㄜ比ㄅㄧˇ了ㄌㄜ吧ㄅㄚ？